医海诗话

YIHAI SHIHUA

颜雨春◎著

时代出版传媒股份有限公司

安 徽 文 艺 出 版 社

图书在版编目（ＣＩＰ）数据

医海诗话/颜雨春著.—合肥：安徽文艺出版社，2020.6（2023.4重印）
ISBN 978-7-5396-6916-8

Ⅰ．①医… Ⅱ．①颜… Ⅲ．①诗词－作品集－中国－
当代 Ⅳ．①I227

中国版本图书馆CIP数据核字(2020)第036713号

出 版 人：姚 巍　　　　　　　　总 策 划：朱寒冬
责任编辑：何 健　曾柱柱　　　　装帧设计：褚 琦

....

出版发行：安徽文艺出版社　　www.awpub.com
地　　址：合肥市翡翠路1118号　　邮政编码：230071
营 销 部：(0551)63533889
印　　制：阳谷毕升印务有限公司　　　(0635)6173567

....

开本：880×1230　1/32　印张：9.625　字数：180千字
版次：2020年6月第1版
印次：2023年4月第2次印刷
定价：59.00元

....

序(张炜)

颜雨春先生从医四十余载,医术医德为人称赞,业余尤爱赋诗作词,作品斐然可观,令人钦敬。蒙挚友寒冬嘱为雨春先生《医海诗话》作序,十分高兴。

读颜雨春诗词集《医海诗话》,让我思考如何从内容和艺术上确定一个新的范式,构建旧体诗词对新时代、新社会的感知能力,或曰如何推进旧体诗词的"现代化"。在我看来,雨春先生的诗词集即推进了这种探究。

旧体诗词在我国古代尤其是唐宋两朝达至顶峰,明清以降,逐渐式微,乃至白话文运动兴起,自由体新诗占据诗坛主流地位,旧体诗词像是历史的沉滓,被人遗忘在角落。现代文学史各版本鲜有提及旧体诗词创作成绩,古代文学史大多至黄遵宪"我手写我口,古岂能拘牵"为结。旧体诗词的传统过于强大,以至于以旧体诗词创作而得名的林庚感慨"自己总是在重复着类似的语言,特别是那得意之处,总好像是'似曾相识',好像自己并不是在真正的进行创作,而在进行着对于古诗的改编"。

今人对旧体诗词多有喜爱，然而成就不高。诗词创作须遵守格律，如果不提升自己的古典文学涵养，对旧体诗词下一番功夫，是很难写出一首合乎平仄、格律谨严的旧体诗词的。更为重要的原因是，今人欲用旧体诗词表现新事物时，频出的现代社会新词汇往往会破坏旧体诗词的审美质地，内容与形式不再相协。如沿用旧体诗词的遣词造句习惯，则易使人产生陈词滥调之感，今人写就的许多诗词，已沦为日常生活的点缀、消遣和应酬的工具。

雨春先生很好地解决了这两个问题，走出一条让旧体诗词从书斋案头走向街头巷陌，从故纸典籍走向现代生活的新路，在题材和境界上都有新的开拓。《医海诗话》是作者的第二本诗词集，收录了雨春先生近年来创作的诗词二百余首。作者谙熟古典诗歌技巧，将中国传统文化中的古典精神、意象色彩与现代生活、现代情绪深度融合，拓展了创作空间，呈现出多元化和丰富性，给读者以别样的阅读快感和审美体验。

"文章合为时而著，歌诗合为事而作"。雨春先生从医经年，惯看医海浮沉、生死离别，从而找到一个独特的角度观察社会和人性。他的诗词言之有物，或讴歌医护，赞扬医学创新，或针砭时弊，揭露医患矛盾，或寄情田园，弘扬亲情孝道。《毛诗大序》论诗，强调诗歌的政教作用与讽喻功能，强调诗歌对于社会现实的反映、影响的作用。雨春先生以当今人们普遍关注的民生医疗问题入诗，拓宽了旧体诗词的表现范围，更为重要的是，其诗词具有家国情怀，有道德力。

医者，常具悬壶济世、精诚为民之心。新冠肺炎肆虐全球之际，无数白衣天使主动申请到医疗一线去，"不计报酬、无论生死"，用高超的医术和责任感生动诠释了医者仁心。雨春先生诗词，仰慕医学圣殿，感慨医学人伦，共情患者疾苦，记录时代风貌，赞美祖国河山，兴寄见志，贯穿着悲天悯人的情怀和人道主义精神。

是为序。

著名作家

中国作家协会副主席

茅盾文学奖获得者

2020 年 5 月 4 日

颜雨春先生之人/文

　　颜雨春先生是一位深受人们喜爱的医生。他1977年毕业于安徽医学院（现安徽医科大学）医学系，毕业后留任安徽医科大学第一附院口腔科。1979年初至1980年底，他于上海第二医科大学口腔医学系首届高师班研修；1994年在北京医科大学口腔医学院短期研修。此后一直在安徽医科大学从事医疗、教学、科研工作，迄今已四十余载。

　　雨春先生现为安徽医科大学第一附属医院口腔医学教授、主任医师、硕士生导师，享受省政府特殊津贴。其专业擅长口腔颌面部肿瘤、涎腺疾病的诊断、治疗和手术以及微创拔牙，在颌面创伤救治、口腔公共卫生、社区口腔卫生保健及口腔卫生与临床医学信息化（人口健康信息化）方面有较深的造诣，发表研究性学术论文110余篇、现代医院管理论文30余篇、医学科普文章150余篇，主编、参编学术专著10余部。

　　雨春先生近年退休后坚持出门诊做手术，静心学习研究医学人文，并钟情于国学经典与诗词文化。他创作的诗词从医药卫生视角讴歌医改、赞美创新、颂扬医护、针砭时弊，同时抒发眷恋、咏怀乡情、放歌田园山水、感恋亲情孝道、感悟开卷修为。

《医海诗话》体裁新颖，内容紧扣医生、医院、医疗、医药，是一本经典与时尚融合的诗集。雨春先生通过诗词这种形式表达感怀，讴歌时代，振奋精神，不失为一种创新。

我和雨春先生是无影灯下的多年同事，专业上虽各有所攻，但情同手足。他现在还协助我承担安徽省医师协会的管理工作，不辞辛苦地为全省二十多万医师服务。凡是与他一起共过事的人都有共同的感觉：他是一个善办善成、尽善尽美的人。他以诗词为载体，坚持文化自信，把握时代脉搏，以传统文化的笔触，唱咏医事人文，且意境高远、文风细腻，诗情词境既有深度，更有温度。我为医学界能有这样的医生而高兴。岁月不居、时光如流，《医海诗话》付梓之时，谨此为序。

安徽医科大学第一附院　**梁朝朝**

2020 年 1 月

写在父亲《医海诗话》出版之际

父亲要出一本专门写医学、医生、医院的诗词集，并要我写点什么，着实让我很为难。一是我的临床医疗工作太忙；二是我的文字功底让我不敢冒昧。但父命不可违啊！考虑再三，还是硬着头皮凑了一段文字，好在都是真切实在的话，也算完成了老爸交代的差事。

我的父亲颜雨春，1951 年 11 月生，安徽肥东县人，早年毕业于肥东长临河中学，20 世纪 70 年代"文化大革命"期间，回乡务农，曾担任大队、公社"赤脚医生"，一边学习针灸、中草药，一边为村民诊疗小伤小病，打针换药，受到村民一致好评，后被推荐上大学。

父亲 1977 年毕业于安徽医学院（现安徽医科大学）医学系，毕业后留任安徽医科大学第一附院口腔科工作，于1979 年初至 1980 年底于上海第二医科大学口腔医学系高师班进修结业，1994 年在北京医科大学口腔医学院短期研修。

1979 年 5 月，父亲和母亲田芜生在上海结婚，限于当时的经济条件，他们没有请客，也没有举行婚礼，连一张结婚照也没有照（这也是父母亲最大的遗憾），只是买了一点喜糖。

1979至1980年，在上海两年的学习为他后来的业务发展打下了坚实的基础，父亲带回来150多份手术记录，也带回了上海第二医科大学的医疗作风和手术技巧，这加快了安医附院口腔颌面外科的发展。在接下来的10年中，父亲一头扎在病房，钻研理论，苦练刀功，谦虚谨慎，深得外科同事们的肯定。1991年，他被医院破格任命为科室副主任，同年晋升为副主任医师，次年又晋升为副教授。

1982年10月13日，我出生啦，乳名"甜甜"。从此父母亲多了一份忙碌，更多了无限的欢乐。

2006年初夏，我从安徽医科大学临床医学专业毕业，选留到一附院乳腺外科当医生，成为普外科第一位女大夫。强大的竞争压力迫使我不敢懈怠，苦练技术，我的微创操作和乳管镜技术受到同事们的一致肯定。在频繁值班、连台手术、加班加点的超负荷忙碌中，我在2007年全国硕士研究生统考中考取了普外科研究生，使父母亲很是欣慰。当收到录取通知书时，我倒没什么，父亲的眼睛却湿润了，因为我是整个家族的第一个研究生，他们怎不为之动情呢？所有的亲戚都为之高兴。于是我们大家族选定在五一劳动节,热热闹闹地庆祝了一番。席间,有说的,有笑的,还有吟诗作赋的。我的爷爷奶奶都是 90 多岁高龄了,他们也笑得合不拢嘴。

2002 年 9 月 28 日,是安徽口腔医学学科建设值得铭记的日子。在全省卫生系统首次开展的重点学科竞争性评审中,父亲负责的口腔科被评为全省重点发展学科。这是安医大一附院,也是全省 400 多家医院临床学科中口腔医学第一次成为重点学科,口腔医学实现了零的突破。

2002 年至 2005 年,父亲获安徽省科技进步二等奖、三等奖共 3 项。他于 1998 年、2009 年两次享受省政府特殊津贴,曾承担科技厅、教育厅、卫生厅多项科研课题。

父亲还曾应邀前往东南亚、欧洲、北美、南非等地的大学及医院进行考察、访问和学术交流。1997 至 2010 年,父亲担任安徽医科大学口腔医学院、安徽医科大学第一附属医院副院长 14 年。2010 年起,父亲兼任安徽省医院信息化建设与管理委员会主任委员。2012 年,被聘为安徽省卫生厅卫生信息化专家组组长、合肥市卫生局卫生信息化专家组组长、中国卫生信息学会委员、中国医院协会信息专委会常务理事。2013 年,被聘为安徽省卫生厅卫生信息等级保护专家组副组长、安徽省经济信息化委员会医药卫生专家组委员。

2010年，由父亲主编、多位教授参编的《数字化医院建设与管理》系国内第一部全面介绍数字化医院建设与管理的专著。该书阐述国内外数字化医院的理论、架构、技术标准与参数，注重结合我国医药卫生改革的特点，突出数字化医院建设中的理论与实践相结合，提高管理效率，提出应加强顶层设计，统一标准、互联互通、信息共享。国内著名医疗卫生信息化首席科学家、中国工程院院士李兰娟教授亲自为该书作序，对该书给予极高的评价，认为该书"对医疗、护理、管理、卫生经济学中产生的海量数据和信息行为，协同整合，达到信息生态学与医疗卫生信息共享的目标"。华南地区一位医院信息化的专家称赞该书是指导医院卫生信息化建设与管理的"黑色圣经"。同年，父亲策划并主持制作了《打造数字化安徽医科大学第一附属医院》影视光盘，旨在宣传"安医大一附院医院信息化建设的历程与成就"。2010年10月16日，全国数字医学高峰论坛大会首次在安徽召开，该片在会上展播后，受到与会专家、代表们的一致好评。

2010年底，安医大一附院领导班子换届，已届花甲之年的父亲卸去行政职务后，心境平和地回到一个普通医生的平常生活，主要从事口腔门诊肿瘤、创伤、涎腺疾病的诊断，牙槽外科的微创手术，干部保健等，带教研究生，并参与国家和省级口腔公共卫生项目的制定、实施、督查,慢性病防治和公共卫生保健宣教,业余时间学习诗词创作、摄影、旅游等。他开始重视慈善事业,并身体力行,主动参加志愿者公益活动。

2010年5月,我硕士研究生毕业,同年考取了博士研究生。2013年11月28日,我启程赴美国加州大学洛杉矶分校(UCLA)做访问学者。我虽是而立之年,但从未离家这么长时间,总有点依依不舍。我们家的宠物泡泡也一反常态,离家前的晚上居然蹿进我的房间睡在我床边,还不时地昂头盯着我,似乎听懂了什么。我是第一次长时间外出,父母亲决定送我到上海。那几天恰逢降温,寒风袭人,但出行那天早晨还有一抹朝阳,平添了一份好心情。

父亲的眼光是敏锐的。早在20世纪90年代,他就看到信息技术、生物技术、基因技术在医学领域有着广阔的前景,在人员、经费、场地十分艰难的条件下,主持创建全院的计算机信息中心,使安医一附院的信息化走在全省的前列。看病挂号"一卡通",超市化发药,住院医生、护士工作站化,电子查询等医院应用模块都是全省第一家实行,成为媒体宣传的"亮点"。父亲以超前的意识、敏锐的眼光,洞察信息技术在卫生领域的无限前景。他克服困难,领衔主编,组织同事们撰写了30万字的《实用现代医院信息化建设》。该书是全国第一本专论医院信息化的著作，也因此荣获华东地区优秀科技图书二等奖。

2011年初，完全卸任的父亲在省卫生厅信息中心、医政处的重视、关心和支持下，开始用大量的时间研究卫生与医院信息化，重点是电子病历（EMR）、电子健康档案（EHR）、麻醉手术室系统（AO）、远程医疗（Tel - Medicine）、区域卫生信息化平台建设（GHIS），尤其是县级医疗机构综合改革的卫生信息化建设。近几年，父亲深入县医院、乡镇医院、社区卫生服务中心、村卫生室、民营医疗机构和个体诊所，足迹几乎遍布全省各层、各级、各类医疗机构。其间，他掌握了大量的第一手资料，为全省医疗卫生信息化架构设计、建设与发展做了大量的开创性工作，其贡献是这个行业内大家所认可的。

2012年初，父亲受聘担任省卫生厅中央转移支付"安徽省、县级医院远程医学2 + 16项目"技术顾问，在他的指导下，安医大一附院远程医学中心项目首次安装试用了具有世界先进水平、我国自主研发的高清智真系统，并于2013年10月9日通过省级专家组评估验收。专家组一致认为该项目具有国际视野、标准规范、技术先进、华东领先、全国先进。

2010年6月25日之后的两年多时间里，是我们家比较悲伤的一段时间，我的爷爷、奶奶、伯父因病去世。尤其是我的奶奶，留给父亲太多的思念，这在父亲撰写的诗词中有深情缅怀。

父亲是一个敢担当、重情义、有爱心、讲孝道的人。他在院领导岗位上多年，务实、清廉，善办群众身边的实事，也是一个人们公认的好医生。他是我们后辈的骄傲，更是我们学习的榜样。

女儿　蕴文

2020 年 1 月于安医大一附院

目　录

第一辑　仰慕圣殿

第二辑　医学人伦

第三辑　医护风范

第四辑　医技创新

第五辑　中西融合

第七辑 医海浮沉

第八辑　保健养生

第九辑　未来医学

第十辑　亲情孝道

第一辑

仰慕圣殿

东南医学院创始人浮雕像^①落成感赋

春风浩荡,午马^②朝阳,桃梨吐芳。

望东南庭院,鳞次栉比,香樟松柏,廊桥碑铭^③。

先驱琦元、蠡舟、锡祺^④,筚路蓝缕铸基石,

躬自厚,医护患同心,大医精诚。

百年浮屠众生^⑤,万千岐黄割股杏林^⑥。

唯德仁术精,悬壶黎民,好学力行,逊志时敏。

洪涝慢病,"非典"地震,苍生系于上工心。

俱往矣,仰千古医圣,万病回春^⑦。

注:

①2014年3月8日,安徽医科大学第一附属医院举行东南医学院(安徽医科大学前身)创始人浮雕像落成仪式。

②2014年为农历甲午马年。

③指一附院里高楼大厦、绿化、廊桥与大门碑石。

④指郭琦元、汤蠡舟、张锡祺等医院创始人。

⑤东南医学院自1926年创立,迄今已近百年。

⑥古代尊称医生为岐黄、上工;医学统称为杏林。

⑦《万病回春》为明代名医龚廷贤著述。

为《医海诗话》出版感赋

国学传承翰墨香，
盛世诗词映辉煌。
杏林上工如饥渴，
韵律平仄尚欠长。
讴歌褒扬橘井人，
严词冷对不彷徨。
古稀咏叹桑梓情，
医文师说无愧当。

聆听研究生学术文化专题讲座感赋

孟冬庐城,师说授业,水乳交融。

观学术大厅,恬静无声,学者风范,满座皆然。

学海无涯,励志乾坤,筑梦追梦盖杏林。

看今朝 ,术精德高,当代天骄。

生命如此奥妙,引无数岐黄竞折腰。

唯三基三严,成才之道,目标行动,实干为要。

业精于勤,德修于文,中西合璧再创新。

俱往矣,数大医精诚[①],东南后生[②]!

注:

①大医精诚:出自唐朝孙思邈《备急千金要方》,意为学者必须博极医源,精勤不倦,不得道听途说,而言医道已了,深自误哉。

②安徽医科大学前身为上海东南医学院。

开篇自语

贫生世代家境寒，
三遭火难受熬煎。
午匀勤勉牧牛鹅，
墙塌昏迷一命悬。
弱冠走读长临镇，
学业屡试常夺冠。
广袤天地炼励志，
追梦杏林学东南。

贺安徽医科大学北美同学会圆满召开

欣悉安徽医科大学北美同学会于 2014 年 7 月 26 日至 27 日在美丽的"花园洲"新泽西召开，会议圆满完成了各项既定议程。校友们、老朋友于异国他乡欢聚，品茗茶叙，即席畅谈，分享喜悦。母校的贺信，催人奋进，浓郁乡情，令人陶醉。本次会议选举黄教悌先生担任新一届北美同学会会长。网闻佳讯，颇为高兴，万里之隔，即兴而作。

古皖岐黄聚普林，
北美学子东南情。
胸际风云数十载，
艰辛励志唯传承。
中美友谊溯渊源，
自由平等循法典。
德被后代桑梓志，
多少炎黄追梦人。

为青年医师科普著作
《美丽的烦恼》一书志贺

一

夙夜辛劳唯黎民，

无影灯下度芳龄。

凝神博览敲键盘，

赴美探究癌基因。

分子蛋白电子镜，

柳叶刀尖屡创新。

伉俪奋进淡名利，

挥毫著述耕杏林。

二

女性天赐一朵花，

基因突变堕芳华。

无影灯下真善美，

柳叶刀尖艺术家。

圆　梦

　　2015年5月22日,安徽医科大学博士生导师汪渊、魏伟两位教授主持了女儿颜蕴文的博士研究生毕业论文答辩会。回首这5年,女儿的确是蛮拼的。她常常是白天做手术,晚上做实验,还要出门诊、值夜班,着实累,累并快乐着。其间,她远赴美国加州大学洛杉矶分校(UCLA)研修一年,师从美籍医学科学家黄教悌教授,收获颇丰。今天,女儿在国内外导师的指导下,特别是在导师汪渊教授的指导下,圆满完成了研究课题。师恩厚重,铭刻五衷,可喜可贺。我们全家为她高兴! 即兴抒怀,赋诗一首。

书香血脉得传承,
梦圆正冠夜难眠。
千日励志寒窗苦,
万里负笈异国行。
论道基因分子学,
师说教化沁心灵。
柳叶锋刃医沉疴,
无影灯下铸医魂。

爷爷的期盼①

金榜题名三月春，
颜田亲属笑盈盈。
自强不息接力棒，
而今又有传承人。
光宗耀祖是小事，
救死扶伤堪大任。
珍惜机遇放眼量，
站在尖端再攀登。

注：

　　①2007年5月1日，我和夫人为女儿考上研究生举行家庭宴会，那天所有的亲属都参加了。这是我父亲在酒宴现场所作的诗。

贺安徽医科大学第一附院 90 华诞

九秩东南历沧桑，
医药人伦铸辉煌。
百年上工逊志敏，
万千天使南丁香。
胸存社稷治未病，
大医精诚敢担当。
杏林德术堪瑰宝，
万世师表续华章。

重回母校

我和夫人1977年从安徽医科大学毕业。时光荏苒,转眼40年。而今我们已近古稀之年。近日相约,同学小聚茶叙,各抒胸襟,畅谈别情,感悟人生。

深秋庐阳,蓝天碧云,风清气正。

望大湖名城,秋色宜人,量子马克,硅谷语音。

百年东南,历久弥坚,造就良医万万千。

重聚首,忆同窗当年,醉了照片。

医学精深奥妙,引无数郎中累折腰。

昔校园教舍,斑驳破旧,仪器凋凋,藏书寥寥。

跨越世纪,纵览母校,鳞次栉比皆新貌。

俱往矣,看未来东南,杏林风范。

致贺高新分院落成

百年东南,历久弥坚,桃李满园。

黎民就医难,急诊住院,儿科妇产,举步维艰。

决断高瞻,全员鏖战,攻坚克难建分院。

大手笔,看鳞次栉比,高新高端。

新院如此多娇,引多少昼夜汗水浇。

忆酷暑盛夏,风雨雪飘,风餐露宿,备受煎熬。

万千辛劳,一个目标,指挥部灯火通宵。

新征程,创区域中心,砥砺前行。

心　境

致谢梁朝朝教授举荐我担任安徽省医师协会秘书长。

钦点重出我也难，
感君情意高云端。
无情岁月催寒暑，
不惑古稀两重天。
千古为官重识才，
而今仰止价值观。
老骥伏枥当奋蹄，
士为知己沥肝胆。

大医院之小医生咏叹

懵懂混沌误入圈,
常年值守在一线。
急难重危夺分秒,
除颤拉钩连台转。
习医苦,精医难,
理论实践破万卷。
冷饭清羹三餐就,
欲成大医路漫漫。

贺 2018 年首个中国医师节①

华夏五千载,彪炳国医传。德高术精博爱,不唯名权钱。

上工重治未病,时珍《本草》银针,仲景割股情。

医患本同心,携手克顽症。医药事,诚不易,天下难。

拯救黎民疾厄,大医天职在肩。

苍生心身康安,杏林圣洁慈善,不负此心丹。

国立医师节,千古树风范。

注:

①2017 年 11 月 3 日,经国务院常务会议批准,同意将每年的 8 月 19 日设立为中国医师节。

安医大一附院与德国慕尼黑大学医院缔结友好医院贺咏

朝辞浦江赴柏林，
万里求贤夜难眠。
中西合璧谋战略，
两院联袂育精英。
三顾频繁聚人才，
数度跨洋赤子心。
东南携手慕尼黑，
标新立异耕杏林。

退休感咏

时光流逝不由人，
贵庚官宣昭明文。
感叹乌纱十四载，
而今重做手艺人。
退隐原本山水乐，
诗情词境堪我吟。
欲还亏欠妻儿账，
乐为母女献黄昏。

第二辑

医学人伦

题赠女儿蕴文

女儿去年赴美在加州大学洛杉矶分校（UCLA）访学。回想孩子30年来的成长，点滴进步来之不易。为求学，她克服困难，远涉重洋，赴美深造。10月13日是女儿30岁生日，我们特地安排在她生日前赴美看望并为其祝贺，让她在而立之年的生日具有特别意义。

故园三十二年前，
一声啼哭到人间。
断文识字母师说，
豆蔻华年似婵娟。
杏林励志造浮屠，
远涉重洋志高远。
大洋岸边"Birthday"，
血脉亲情唯梦圆。

美洲行

　　女儿为我们的美洲之行做了细致周密的安排,租车,请假陪我们游玩,无微不至地照顾我们,更重要的是解除我们语言交流的障碍。我虽然三次来美,但这一次最轻松、最舒心。

一

花甲缘何踏远门,
爱女侍奉万里行。
生态人文北美景,
莫过世间骨肉情。

二

三赴加州儿女情,
携手夫人北美行。
回首人生多风雨,
唯有血脉续永恒。

为女儿赴洛杉矶研修感赋

大鹏展翅恨天低，
万里求学洛杉矶。
东西半球儿女情，
南北两极母担忧。

题赠谢华先生

一

先贤圣言警钟鸣,
励志社稷甘清贫。
修身奉法莫败腐,
饱读诗书惜寸阴。
慎廉勤信躬自厚,
宽厚善悯薄责人。
师说教化淡名利,
世间百善孝为尊。

二

远游感咏

叶落秋深风雨寒，
再别娘亲度关山。
五十春秋励志路，
三更梦醒惊人叹。
浮沉商海家国梦，
多少磨难霜鬓染。
几经"南柯"方初醒，
诗书布衣躬耕田。

为普外科刘弋教授德高术精贺咏

半生悬壶造浮屠，
起死回生览群书。
柳叶刀尖波澜起，
心若止水风雨殊。

教师节感怀

时值第三十个全国教师节，我的研究生送来祝福与鲜花，让我十分高兴。当年为师，百年树人，而今年迈，退隐著述。弟子们今天都颇有建树，回首沧桑，不禁感怀咏叹。

又是一年教师节，
时光流水燃岁月。
当年讲台萦国梦，
不为名利韦编绝。
师说论道育德才，
烛光泪干唯解惑。
吾今桑榆霜鬓染，
满眼桃李皆春色。

杂　感

　　我与张为民先生相识较晚，这几年因医疗信息化与他有些接触，对他为官、做事、待人颇有些了解，尽管有时为某件事我们也有争论，但那都是办公室的事。凡是与他打过交道的人，都会对他肃然起敬，都会对他办事公正、公平感到佩服。他在安徽省卫生医疗信息化建设中功勋卓著、成绩斐然。

枫叶红染寒意浓，

岁月轮回又逢冬。

不唯上下唯社稷，

世事浮沉天地容。

三十余载躬自厚，

一腔抱负两袖风。

梦萦信息霜鬓染，

功过是非笑谈中。

杂　感

千丝万缕口中出，
纵联横结多胶织。
任凭层层关系网，
天公一扫全覆灭。

为东南医学院汪国良教授百年华诞抒怀

望触叩听功夫真，
德尚术精济苍生。
论道解惑师之说，
百年华诞满园春。

纪念人民喜爱的军旅作家阎肃先生

一

携笔从戎战军营，
雪域海岛甘为兵。
讴歌词曲动天地，
铁血励志铸军魂。

二

红梅一曲天籁音，
竹筠风骨见精神。
军旅毕生抒豪情，
风花雪月写铁军。

为明武先生履新抒怀

欲穿双眸朝夕盼，
履职新途千斤担。
勤政清廉只唯实，
饱学经史万世传。

题赠夏青博士

　　《安徽医科大学学报》编辑部主任夏青博士致力于学报编辑工作，面对浩瀚医海的医学论文和经济社会的复杂关系，他秉公办事，公开审稿，严把稿件质量关，受到作者、读者、编者的好评。

案头论文堆如山，
挑灯披阅做圈点。
权钱利禄俱不顾，
只认文章不认官。

题赠尹文明先生

一

线上线下学为本，
不学无术空做人。
世间少人有闲暇，
饱读诗书骨气硬。

二

法治天下为公正，
为官为民守良心。
勤廉修为淡名利，
法不容情吾之身。

读书有感

　　近读《死亡如此多情》一书，作为从医几十年的医生，我深感这一命题之复杂，决断之困惑，厘清之艰难。面对死亡，几乎没有人能从容对待。特别是当病魔，尤其是死亡逼近亲人或者自己时，那种既不想忍受被疾病折磨，又不想和亲人诀别的痛苦心理是难以言状的。有鉴于此，面对如此艰难抉择，亲属做出哪种选择，似乎都没有对错之分，只是不同的人对生命与死亡的认知不同而已……

人生自有终结时，
生老病死皆天意。
生死瞬间难抉择，
死亡文化几人识？
监测导管呼吸机，
透析能量除颤仪。
纵有心跳脑死亡，
遵从规律顺其去。

题赠江敏先生

回首往事如烟云，

一纸飞来梦方醒。

四十余载夜在公，

花甲顿悟惜余生。

含饴弄孙天伦乐，

挥毫扣杀更精神。

退隐未忘教坛事，

再向时空付此身。

题赠葛圣林教授

手执柳叶君心柔，
无影灯下度春秋。
医海诗书躬自厚，
指尖功夫堪一流。

赠金牌主持邵林杰先生

器宇非凡登 T 台，
妙语连珠好口才。
说逗串侃满堂乐，
网红金牌第一块。

拓门咏

人车湍流北大门，
昼夜拥堵路难行。
斩墙劈石开通道，
十年顽症一夜平。

忆中学时代

　　20世纪60年代，我们老三届学生就读于长临河中学。那时的长临河中学，校园宁静，法梧成荫，学生求学，师长敬业，人才辈出。当年的长临河镇，典型的滨水小镇，碧水蓝天，牛耕人锄，有应时蔬菜、四季鱼虾，路不拾遗，乡风淳朴。中学时代，每当夕阳西下，课外活动时，我们总爱到湖边散步、戏水、摸鱼捉虾。抚今追昔，恍若眼前，多少追忆，感赋笔端。

　　　　夕照老街思万千，
　　　　秉烛夜读似眼前。
　　　　法梧树下书声琅，
　　　　晨操钟声绕耳环。
　　　　银波鱼帆映晚霞，
　　　　碧浪翠绿掩禾田。
　　　　黛瓦青砖依稀见，
　　　　岁月似水问苍天。

聆听呼吸疾病首席专家
费广鹤教授专题讲座感咏

烟霾自古祸害多，

众病之王谁奈何？

肺脏结节缘何起，

基因突变凋亡图。

三维超薄治未病，

微创腔镜靶控药。

精准探究大数据，

闻君一言十年书。

题赠患病挚友

偶生小恙焉自然，
七情六欲调暑寒，
千古杏林多扁鹊，
自信人生二百年！

贺心血管内科专家团队

　　为心血管内科专家团队承办第二十届"全国介入心脏病学高峰论坛"感赋。

皖风徽韵淝水滨，
烟花四月聚庐城。
介入风雨二十载，
冠脉急危夺秒分。
名贤云端战远程，
微创精准谁比肩。
起搏支架造浮屠，
生命引擎唯初心。

题赠章五平先生

著名书法家章五平先生为安徽省医师协会题写"医师之家",赋诗一首答谢。

千钧巨椽如龙腾,
万种情思毫末凝。
笔砚纸墨蕴功底,
挥洒遒劲颂杏林。

大法官走进医学殿堂

法治中国响春雷，
整纲肃纪疾风吹。
杏林圣洁蒙污垢，
药耗回扣零博弈。
警官解惑授法典，
慎独修为除顽疾。
岐黄清廉造浮屠，
莫忘初心唯良医。

亳州行

应邀赴亳州健康扶贫,参观亳州市博物馆后感咏。

药都华夏扬美名,
华佗医圣盖杏林。
曹公三分平天下,
古井一口惠万民。

题赠刘业海教授

数载寒窗，一朝名医扬。

巧手神刀无影灯，拯救万千性命。

孤灯伴影更深，探究医学奥论。

淡看利禄功名，矢志俯首苍生。

为全省精神医师分会成立感赋

水墨江南迎嘉宾，
古皖精英聚江城。
论道释惑解心结，
从此精神更卫生。

题赠封丽霞博士

巧手仁心追梦人，
无影灯下送光明。
十载恪守民为本，
大医德术盖杏林。

题赠汪凯教授

第十二届全国神经心理讲习班暨卒中学会成立感咏。

神经医学似迷宫，
癫抖痴瘫忆失聪。
疼痛麻木何因起，
血管裂梗脑卒中。
分子影像基因学，
望触叩听蕴内功。
推拿针灸中西药，
急危康复数上工。

题赠胡启生先生

皖江深改起风云，
履新倍觉担千斤。
社稷生态新问卷，
一言一行系民生。
勤廉仁德躬自厚，
黎民口碑凭公心。
时不我待争分秒，
无愧沧桑染霜鬓。

为乳腺外科医生再造乳房赞咏

乳腺因何罹患高，

基因突变难预料。

凹凸曲线谁裁出，

无影灯下柳叶刀。

斥食药造假

食药制假举世惊，
前腐后继泯人伦。
祸国殃民罪孽重，
庆父商贾当极刑。

聆听临床医学大师汤健教授演讲感赋

满座凝神心跳声，
注目大师论道经。
古今华夏五千载，
中西合璧八百春。
良心精艺柳叶刀，
镌刻浮屠无影灯。
医圣经典立誓言，
欲成大医修人文。

为静涵女士题照

红衣女生亮荧屏，
知性娇姿出名门。
天生丽质傲群芳，
试看新媒有几人。

波士顿抒怀

　　2014 年 10 月 16 日，我们一家从洛杉矶飞赴波士顿，夫人的侄儿田维到机场接我们。田维八年前受华中理工大学（现华中科技大学）选派，只身到美国深造。他在美完成了硕士学业，现在一家公司任职（边工作边读博）。他已成家立业，有了两个孩子，在波士顿风景优美的社区买了别墅。夫妻俩内外有别，各有担当，两个孩子天真可爱，堪称 80 后幸福、和谐家庭的典范。我和夫人为之高兴，感触颇深。

秋雨飞临波士顿，

一声乡音泪湿襟。

蓝天碧水映红叶，

绿茵苍松别墅群。

寒窗励志结良缘，

而立伉俪共打拼。

勤勉仁孝传 Dylan，

中美交融育精英。

纪念吴以岭院士团队《络病学》研究 40 周年

内经络病数千年，
栉风沐雨筚路难。
以岭卧薪四十载，
敢教国药换新天。
中西融合泛血管，
传承首创通心丸。
清瘟解毒克流感，
万病回春著鸿篇。

奉和刘斌先生赴铜都履新

受命履新赴铜都，
好谋苍生新囵途。
浅尝乌金化电能，
忍将妻儿望西东。
不负韶华知天命，
夙夜砥砺风雨中。

第三辑

医护风范

《沁园春·武汉？武汉！》

楚汉重镇,毒霾夺命,举世震惊。

看大小医院,人满为患,九省通衢,霎时罹难。

缉拿元凶,探究祸根,各路精英聚江城。

党引领,工农商学兵,力擎乾坤。

冠毒何其凶狠,殃及华夏社稷苍生。

唯一方有难,八方驰援,白衣逆行,救危济困。

战袍披肩,诛魔驱患,敢以初心荐轩辕。

举国力,打赢抗疫战,志比铁坚。

钟南山院士赴武汉征战新冠病毒感咏

庚子毒霾虐江城，
国士请命赴楚荆。
耄耋胸襟能舍己，
大医浩气惊国人。
杞人叹无回天术，
黎民壮怀家国情。
重披战袍匹夫责，
叱咤风云送瘟神。

李兰娟院士武汉征战新冠肺炎咏叹

新冠诡异虐神州，
巾帼披挂振臂吼。
荆楚妖魔掀恶浪，
寰球敌忾志未酬。
战非典，驰汶川，
华夏脊梁擎苍天。
古稀霜鬓赴国难，
不灭魍魉师不还。

人民解放军医疗队出征武汉感咏

魍魉魑魅肆九州，

三军雷霆向天歌。

无声炮火杀顽敌，

火眼金睛擒冠魔。

军地水乳同敌忾，

许身报国又若何。

试问天下有何人，

人民子弟捍山河。

庚子仲春皖援鄂抗疫英雄凯旋

绿水青山枉自多，
诡异瘟疫染江河。
千户染毒诚惶恐，
万巷空寂无奈何。
山川异域同风雨，
寰球共襄斩病魔。
苟利国家生死以，
诛魔剿毒造浮屠。

为张雁灵教授临危赴鄂感咏

重披战袍赴江城，
古稀戎军家国情。
十七年前小汤山，
披肝沥胆战魔顽。
社稷苍生遭疫难，
只争朝夕火神山。
医护逆行惊天地，
众志成城送瘟神。

新冠肆虐全球咏叹

天生魔毒肆全球，
举世惊恐哀五洲，
血泪尸体不忍睹，
惨绝人寰几时休？

贺余永强教授新书首发式成功举办

2014 年 5 月 18 日,由安医大一附院院长、博士生导师余永强教授主编,人民卫生出版社出版的《中枢神经系统肿瘤磁共振分类诊断》新书首发式在稻香楼国宾馆隆重举行。该书共12 章节,52 万字,详细介绍了各种神经系统肿瘤的临床、病理和 MRI(核磁共振检查)表现,每种疾病均附有典型的病例图片,图文并茂,内容新颖,涵盖了当今中枢神经系统肿瘤的 MRI成像现状,有利于中枢神经系统肿瘤 MRI 诊断水平的提高和知识的更新。

孟夏骄阳映庐城,

四海精英稻香村。

雨花塘畔群英会,

数据影像再标新。

二十七载寒窗苦,

论道著述知天命。

橘井流芳躬自厚,

执掌东南盖杏林。

为安医大一附院
《手卫生形象大使》宣传画配诗

诊疗安全手卫生，
大使形象盖杏林。
指尖功夫堪称绝，
橘井泉香无影灯。

赞绿化保洁工

地作画卷帚作笔，
浇灌修剪除垃圾。
洁净绿荫美如画，
每把医院当我家。

为我省药品零差率改革赋诗

众论药价高云端，

黎民医疗飓风湍。

上工仁术高千尺，

假药巫医当万斩。

穹顶之下遭雾霾，

怪病恶瘤舞蹁跹。

重典整治零差率，

社稷民生开新篇。

贺于在诚教授及夫人沈云女士从医40年

春风送暖入庐城，
姹紫桃樱竞纷呈。
偶聚品茗叹夜短，
如歌岁月似烟云。
三十余载同操戈，
无缘孪生手足情。
回首杏林医护事，
柳叶燕尾染霜鬓。

题赠刘荣玉教授

一

呼吸医学女专家，
风姿言辞诗书雅。
德高术精唯社稷，
肺腑建言国与家。

二

学者履新无党派，
巾帼才女阔襟怀。
岐黄清廉愈沉疴，
丹心赤子为民来。

贺安医大第一附院
第六届文化艺术节隆重开幕

金秋丹桂满园香，
东南笙歌似海洋。
文艺瑰宝医之魂，
大医精诚吾弘扬。
生死时速造浮屠，
医改探路敢担当。
返璞还淳人为本，
讴歌杏林铸辉煌。

贺潘美华女士荣膺全国病理"华夏杯"奖

神州病理聚津门，
微观世界敢比拼。
金睛火眼断良恶，
质控精准金标准。

题赠曹云霞教授

一

千古教育系国运，
履新倍觉担千斤。
论道师说躬自厚，
杏林解惑寸草心。
好学力行薄责人，
普世观音送子孙。
励志浮屠知天命，
风雨教坛待远征。

二

谦恭矜持不爱夸，
生殖科学展芳华。
师说论道育桃李，
繁衍生命乐万家。

贺李永翔教授团队微创手术荣膺国家奖

古都西安聚精英，
中华外科金鼓鸣。
舌战手技腹腔镜，
百年东南再荣膺。
十年树木成栋梁，
胃肠微创著华章。
茫茫医海任翱翔，
德艺双馨济苍生。

题赠病理学张红教授

暌已东南桑梓情，
八三学子聚庐城。
追星伴月三十载，
亚欧北美苦修行。
论道师说崇四德，
风范优雅堪自矜。
微观世界察天下，
巾帼才女地球人。

贺安徽省器官移植医师分会

东南移植造浮屠，
器官修复开先河。
九州筚路唯供体，
万难历尽淡若何。
彻夜连台见晨曦，
脏腑更新沉疴除。
利禄功名皆不问，
医道至简成坦途。

贺张志愿教授当选中国工程院院士

华夏口腔出翰林，
弱冠卧薪吴江人。
颌面头颈敢飞刀，
血管禁区似游刃。
广袤天地寒窗苦，
无影灯下四十春。
师说桃李堪楷模，
大医精诚盖杏林。

医护人员献血礼赞

一

酷暑高温三伏天，
抢救生命无血源。
救命时刻谁挺身，
天使握拳冲在前。

二

极端气候任由天，
无影灯下盼血源。
殷殷鲜血浓于水，
拳拳大爱洒人寰。

青年医师擂台赛感咏

外科论坛中青年,
擂台论道展风范。
大师点化石成金,
东南后生实不凡。

题赠著名生殖医学专家魏兆莲教授

一

人类繁衍源自然，
生生不息血脉传。
未解两性不孕育，
辅助生殖是人寰。

二

广袤杏林一枝花，
矜持淡雅不浮华。
点精固本促排卵，
巧手耕耘乐万家。

题赠廖荣丰教授

孟冬斜阳,雨花塘畔,层林尽染。

庐州稻香楼,白衣天使,十佳医护,荣丰榜首。

三十二载,寒暑白昼,无影灯下写春秋。

唯百姓,敢担当创新,医患情深。

医学世家感召,引无数大医竞折腰。

昔扁鹊思邈,中医中药,祖国瑰宝,国人骄傲。

一代天骄,激光飞秒,精准微创柳叶刀。

造浮屠,育杏林万千,光明人间。

重症学科特护团队

天使昼夜病榻前，
急危重难命在悬。
贫富官民皆不问，
橘井泉香洒人寰。

护士节观天使演出礼赞

一

年年此时天使节，
芸芸靓女似彩蝶。
打针喂药繁杂累，
提灯女神亦豪杰。

二

天生丽质一朵花，
温婉恭俭绽芳华。
扛起杏林半边天，
血脉孕育仪天下。

为84岁老人手术切除巨大肿瘤感咏

耄耋老人患顽症，
省县专家大会诊。
无影灯下显身手，
古稀刀尖技艺精。

赞妇产科青年专家孙美果博士

小镇迎来大医生，
知性矜持医术精。
授业解惑手把手，
查房示教出门诊。
柳叶刀、无影灯，
连轴接台敢创新。
谁解天下看病难？
有人慕名去县城。

为骨科医生精妙手术致贺

天生立命顶梁柱，
承上启下其谁乎。
椎管脉管神经网，
微创整骨盖华佗。

感　赋

　　安医大一附院高潮兵主任医师青年专家团队做客安徽卫视《健康大问诊》专栏首播,有感而作。

古皖首开大问诊,
青年才俊亮荧屏。
论医说药展风采,
防治保健话养生。

贺梁朝朝教授团队成功切除
世界巨大前列腺增生组织

男儿天生擎雄风，
叱咤风云谁把控？
血脉传承儿女情，
点滴成精荷尔蒙。
耄耋沉疴前列腺，
隐忍不齿甘自躬。
微创精准除顽疾，
东南泌外攀巅峰。

题赠张晓东先生

　　我在安徽医科大学及一附院学习、工作、生活已经45个年头了。当年带的学生现在大都是骨干或学科负责人。芸芸学生中，我对有些学生印象深刻，至今还保持联系。张晓东医生（现任蚌埠医学院第二附院口腔科主任）是我带的首届高才生，成绩优秀，思想活跃。新年到来之际，他给我发来情谊满满的亲笔信，为师十分感动。

三九零下滴水冰，
一字千金暖人心。
弟子文才高八斗，
谦恭仁善铭师恩。
疗苍生、当躬亲，
夫归田园染霜鬓。
世事沧桑烟云过，
指点江山待后生。

题赠著名肝胆胃肠外科专家黄强教授

胃肠肝胆掌命门，
与生奥秘未识清。
千年神农尝百草，
亿万岐黄耕杏林。
柳叶刀、无影灯，
浮屠沉疴济苍生，
黄公妙手精微创，
强将德艺系一身。

为神经外科专家开展
显微镜下颅脑高难度手术赞叹

溢血梗塞颅创伤，

华佗再世叹无方。

危难时刻悬一命，

德尚术精勇拓荒。

显微镜、无影灯，

血管纵横颅神经。

柳叶刀尖翩翩舞，

生死时速敢较量。

刘志迎先生履新智库贺咏

一

国运昌盛系民生，
履新智库担千斤。
谦卑慎行躬自厚，
运筹帷幄智多星。
勤廉至简唯传承，
寰球谋略出精英。

二

自谦翰林一草根，
难辞众望再履新。
国计民生天下事，
但问科大智多星。

奉和中科大方兆本教授

千年古韵颍州城，
信息论坛聚精英。
人工智能大数据，
闻听大师解迷津。
方公桃李满天下，
甘为科技染霜鬓。

张勇博士担纲肥东县人民医院院长咏怀

包拯故里起风云，
履新不惑担千斤。
医教研防大公卫，
急难重危系民生。
仁德勤廉躬自厚，
黎民冷暖闻民声。
受命三级立军令，
无愧苍生医者心。

运动创伤学科建科 20 周年感赋

二十年前筚路艰，
一腔抱负敢创先。
微创切割旋灌洗，
柳叶刀手起波澜。
论道翰墨育桃李，
大师功德霜鬓见。

第四辑

医技创新

为青年口腔医学专家王飞医师感赋

专业"制假"杏林夸，
精雕细琢入神化。
仁心仁术躬自厚，
玉牙皓齿乐万家。

感咏"达芬奇"

2014年9月24日,这是一个载入安医大史册的时刻:安医大第一附院引进安徽首台"达芬奇"手术机器人;泌尿外科梁朝朝教授团队应用这一世界顶尖手术机器人,圆满完成了复杂的前列腺癌手术。

百年医史铭碑文,

东南喜迎外星人。

铁手键盘无影灯,

三维影像传远程。

切割止血皆微创,

解剖缝合似行云。

电子医疗无穷尽,

未来医学全智能。

参加全国医院信息化网络大会有感

2015 年 6 月 12 日,赴厦门参加全国医院信息化网络大会暨海峡两岸医院信息化高峰论坛。老朋友相聚,海阔天空,感慨无限,即兴赋诗一首。

鹭岛信息聚精英,
互联医疗起风云。
觥筹交错情手足,
海浪沙滩伴钢琴。

题赠朱启星教授

2015 年 7 月 3 日，由朱启星教授领衔的省科技厅"十二五"重大攻关课题"长三角医联工程关键技术研究与示范"项目验收会举行。余赋诗一首贺之。

医联工程谁领衔，

齐心攻坚千余天。

异质异构大数据，

互通互联克万难。

千家信息云平台，

万户远程端到端。

呕心著述唯社稷，

银丝双鬓沥肝胆。

奉和高俊文先生

卫生信息二十年，
功过浮沉待评研。
孤岛烟囱成壁垒，
标准异化舞蹁跹。
统筹集约大数据，
物联移动云计算。
信息农耕今何去？
互联网＋开新篇。

感叹信息技术飞速发展

　　在"互联网＋"时代，随着"云、大、物、移、智"先进技术的广泛应用，东西半球、天地之间、时空万物，乃至整个世界都将一体化。

天下万物皆互联，

时空无处不计算。

苍穹之下云平台，

一网览尽掌指尖。

聆听詹启敏院士讲座

乙未季冬芳菲尽，

东南杏林暖如春。

医药生物谁主使？

大师论道际风云。

古今岐黄造浮屠，

芸芸学子思卧薪。

基因蛋白健康梦，

精准医学再创新。

追随梅奥

2011年9月9日，率团赴美考察美国大学医院医疗管理和医院信息化建设。明尼苏达州罗切斯特市的梅奥医学中心，此时正是初冬，白雪皑皑，天空明澈如镜。初冬的朝阳，映照在恬静的早晨，真让人心旷神怡。崔勇教授全程陪同访问。梅奥模式让我们考察团深受教育、感动，记忆犹新。

雪映绿茵，罗切医学城。
诊疗服务医术精，梅奥彰显人本。
无影灯下不苟，品质蜚声环球。
基因分子探寻，人类健保杏林。

"微时代"

世界跨入微时代，
海量信息滚滚来。
文字图像音视频，
掌指点控全世界。

合肥汉思加盟上海卫宁健康

浦江淝水起风云，

卫宁汉思巧联姻。

融合协力虎添翼，

"互联网＋"再创新。

手术无影灯赞咏

百态千姿无影灯，
奇光异束似明镜。
解剖分离切割缝，
博览奥秘见分明。

外科手术刀咏叹

锐利精巧柳叶刀，
几经演绎精工造。
锋刃精准切毒瘤，
德高术精操好刀。

听诊器发明 200 周年咏赞

瞬间灵感听诊器，
偶得全然儿嬉戏。
历经风雨数百年，
开创物诊新世纪。

医学显微镜咏赞

神奇光电显微镜，
细胞切片察分明。
孰良孰恶如何定？
微观世界大学问。

血压计感咏

历经鼎新血压计，
百年融合传感器。
触感压力动静脉，
监测生命唯利器。

体温计感咏

奥尔巴特温度计，
探测体温显数字。
乙醇水银远红外，
冷暖凉热炫奥秘。

为智慧医院感赋

微博微信客户端，
杏林无处不热点。
结算微信支付宝，
智慧医疗掌指尖。

为手术医师的亲密伙伴——麻醉医师感咏

西医问世数百年，
怎敌华夏麻沸散。
蟾蜍大麻曼陀罗，
乙醚丙酚氯乙烷。
循环呼吸悬一命，
镇痛插管掌指尖。
常有褒奖馈大医，
无声默默做奉献。

神经外科程宏伟教授团队开颅手术赞叹

梗塞出血颅创伤，
华佗再世叹无方。
造影导航机器人，
死神有谁敢较量？

120 邂逅"互联网+"

风驰电掣"120"，
生老病死守护神。
急在分秒敢舍身，
救命垂危伴星辰。
区域信息互联通，
数据共享智慧云。
黎民康寿初心梦，
车轮滚滚奔杏林。

第五辑

中西融合

赞外交部发言人

风采言辞侃侃评，
博引旁征娓娓云。
激扬文字十三亿，
公平正义爆荧屏。

观张岩平女士摄影作品感赋

五彩斑斓品格真，

山水生态乐岩平，

快门瞬间驻美景，

天使德艺誉双馨。

教师节有感

　　2014年9月9日,在全国第三十个教师节到来之际,习近平总书记视察北京师范大学,强调古代经典诗词、散文在中华民族文化、华夏人文伦理传承中的重要性,要让其成为中华民族文化的基因。据悉,安徽亳州、马鞍山、池州等地为全市中小学生编辑出版国学经典教材,供学生学习,受到师生家长一致赞扬。

　　　　经典诗词中华魂,
　　　　国学薪火龙传承。
　　　　泱泱华夏十三亿,
　　　　涓涓无声植基因。

好莱坞偶感

环球影城好莱坞，
恢宏磅礴贯长河。
顶尖旷世比弗利，
天下群雄争擂主。

万圣节感赋

2014 年 10 月 31 日，西方万圣节前夜，我们一家恰好在洛杉矶，首次感受万圣节前夜的光怪陆离、欢乐祥和、激情四射的氛围，热闹程度不亚于国人过年。作为"老外"，我第一次看到外国人大人小孩怪异的服装和面具，难得一次分享万圣节的欢乐喜庆，倒也挺有意思，但并未深入了解其内涵。

半个地球庆万圣，
妖魔鬼怪小精灵。
奇装异服乞糖果，
美利坚成不夜城。

游夏威夷群岛

夏威夷是太平洋中美丽的群岛，美国第五十个州。其首府檀香山得名与其盛产檀香木出口中国有关。夏威夷群岛天然环境得天独厚，气候宜人四季皆春，是旅游度假绝佳境地。其人文历史也很厚重，孙中山、张学良先生都曾在此从事社会活动。能有机会到此一游，实乃人生之一大幸。仰望浩瀚无垠的大洋、呼吸着大洋的清新的空气，太平洋舒心的海风拂面，实乃人间仙境、世外桃源。夏威夷群岛系亿万年前太平洋中火山喷发而成，至今仍然不断有火山喷发，享有"活火山"之称。你看那气浪喷发数米之高，今天身临其地，眼见奇观。

一

世人追梦檀香山，
火奴鲁鲁蟠桃园。
天然生态似仙境，
蓝天碧水银沙滩。
太平洋曾不太平，

难忘珍珠枪炮声。
先贤社稷风云泪，
和谐世界地球村。

二

香山原本火中生，
风雨人间亿万春。
铁流翻滚喷薄出，
气浪冲霄耀乾坤。

三

一声爆炸惊黎明①，
枪炮火海鲜血淋。
物是人非七十载，
至今海底卧军魂。

①1941 年 12 月 7 日，日军偷袭珍珠港。

四

无垠大洋白胡岛，
妩媚丽质叹妖娆。
生态天然人文明，
湛蓝海水逐浪高。
银色沙滩比基尼，
沐浴骄阳得仙道。
泱泱华夏皆胜景，
何日寰球领风骚？

再游拉斯维加斯

千年荒漠杳无人，
万栋蜃楼飞彩云。
霓虹闪烁人潮涌，
火树银花唯赌城。

合肥荣膺第四届全国文明城市

2015 年 2 月 28 日,乙未羊年新春,庐州人家仍沉浸在新年的氛围里。北京传来喜讯:合肥荣膺第四届全国文明城市。二十年创建之路,百万人携手打拼,涌现多少可歌可泣的人和事,留下多少感动后人的画面。当我们在共享这一荣誉成果之时,让我们对那些前赴后继为之付出心血与汗水的人致敬!3 月26 号《合肥晚报》报道了合肥创建全国文明卫生城市的艰辛过程,其中几位代表人物令人感动、敬佩。

乙未新春捷报频,

庐州荣膺文明城。

励志创建二十载,

不堪昔日脏乱停。

万众携手无昼夜,

童叟请缨竟纷呈。

金杯辉映淝水梦,

绿色卫生地球村。

贺合福高铁开通客运

　　2015年6月28日,合福高铁正式开通。合肥至福州由原来14小时缩短为4小时,高铁朝发午至,沿途山水由园田,美不胜收,令人赞叹不已。

　　　　　　一声汽笛贯长空,
　　　　　　千里南北一线通,
　　　　　　皖山赣水八闽景,
　　　　　　品茗徽韵七巷中。

观看阅兵直播有感

　　2015 年 9 月 3 日，纪念中国人民抗日战争暨世界反法西斯战争胜利 70 周年盛大阅兵场面震撼人心。中国人民永远也不能忘记被迫进行艰苦卓绝的抗战。铭记历史，缅怀先烈，热爱和平，开创未来。今天看阅兵，深有感触，为祖国的强盛、军队的强大而自豪。我们这一代人知足，也感到幸福，但国际、国内的形势复杂多变，还需要远虑与谋划。

一

一声枪响卢沟桥，

七十年来恨难消。

八年惨痛何堪忍，

卅万同胞魂未了。

中华儿女同敌忾，

岂容山河国土焦。

钢铁长城今非昔，

寰球和平谁敢搅。

二

梦寐萦怀盼阅兵，
彻夜难眠起五更，
一声号令三军勇，
威武之师惊世人。
铮铮铁骨震寰宇，
隆隆号声似雷霆，
钢铁长城高科技，
强军富民为太平。

观看第五届中国农民歌会有感

琅琊山畔醉翁亭，
神州草根会滁城。
环滁皆山千古颂，
绝唱原野九天云。

"双十一"有感

2015 年 11 月 11 日,静观电商与实体店重磅出击,线上与线下拼搏鏖战。微媒体时代,世界真奇妙,只有想不到,没有做不到。

线上线下左右手,
电商实体同步走,
品质价服信为本,
指尖一击瞬间有。

为我国三大世界领先项目^①点赞

核电高铁库布齐，

三大伟绩绎传奇，

和平绿色同发展，

大国屹立新世纪。

①指我国核电、高铁、库布齐沙漠治理项目。

为新版《中华人民共和国环境保护法》
实施一周年感赋

阳光空气土水肥，
地球生灵最宝贵。
法典高悬护生态，
留与后生享万年。

奉和刘全礼先生

酒酣焉说治雾霾，
举目何处不污染？
法典严令护生态，
蓝天碧水若等闲。

附刘全礼先生原玉：

酒酣耳热说治霾，
雾锁神州动地哀；
经济发展谋转型，
绿色协调落尘埃。

读《工农兵大学生》一书感叹

当年意气比天高，
广袤天地身手矫，
历经风雨终不悔，
不负人间来一遭。

赞京皖高铁

　　2012 年 10 月 16 日，合肥迎来了高铁时代。北京至合肥开通了高铁，运行时间由既往的 12 小时缩短至 3 个半小时。我们这一代人经历过燃煤火车、电力动车、高速列车的变化，深感国家快速发展，人民受惠幸福，美丽中国梦在不远的将来一定会实现。

朝辞逍遥津，午临紫禁城。

风驰高铁飞行，庐州变燕京。

古皖晨曦起舞，豫冀飞雪初晴，极目北国天。

瞬间苏鲁皖，天路入云端。

铁公机，八横纵，是人寰。

三十四年过去，圆梦一刹间。

钢轨纵深蜿绵，天路千里平川，飞轮笑语还。

积攒正能量，中华再登攀。

感咏抗倭英雄戚继光

南征北战报国情，
不为权利无功名。
蒙冤舍命俱不顾，
杀尽倭寇海波平。

赞胡部堂

为官有担当，
敢为黎民亡。
一世蒙冤死，
千载颂忠良。

乘坐"复兴号"有感

五湖四海地球村，
时空穿越若同城。
山重水复无阻隔，
朝发夕至如串门。

观"3·15"晚会有感

妖孽制假害万家，
社稷信誉遭践踏。
盗侵仿冒丧良知，
假劣泛滥礼乐塌。
正本慎独守三观，
上下同欲围猎打。
若不重典治伪劣，
何时天下能无假？

瞻仰包拯雕塑感咏

一

包拯雕塑屹城东，
色正芒寒风雨中。
铁面公正垂千古，
铁骨铮铮两袖风。

二

一身正气照乾坤，
两具寒铡魍魉惊。
千古传承唯公正，
万世颂扬包文拯。

三

色正芒寒文曲星，
龙图学士包文拯。
微服私访察民情，
虎铡奸佞肃官民。
忠义仁孝恪人伦，
不畏权贵唯公正。
甘为黎民掷端砚，
千古清廉第一人。

颂天宫二号载人飞船

指令一声震太空，
天宫二号游苍穹。
渺渺星空任游弋，
泱泱华夏傲群雄。

左徒屈子叹咏

苍藤枯木冬又春，
汨水悲歌疑日冷。
青史已书殷鉴在，
左徒浩气振乾坤。

西柏坡

西柏坡,位于河北省平山县,是中国共产党的革命圣地。新中国成立前夕,毛泽东、朱德等革命先辈在这里发出解放全中国的指令。新中国成立后,历届中央领导集体都要到这里重温党史,意义非凡。

一声号令西柏坡,

千军万马炮声吼。

"进京赶考"双务必,

唯政廉勤莫贪腐。

一代圣贤定宪政,

亿万黎民今做主。

"四个全面"强国梦,

万世基业开先河。

为东航空乘组优良服务赞咏

脚踏云朵头顶天，
腾云驾雾若等闲。
浩瀚天际心神旷，
温馨细微连忘返。
驾银燕，翱蓝天，
置身万米赛神仙。
俯首玄窗览妙景，
何日梦萦蟠桃园。

为法医秦明赞咏

芒寒色正朗朗天，
悬疑惊怵丝丝弦。
恐怖血腥何所惧，
冥思剥茧证据链。
金睛火眼穷渐微，
鬼手神笔破命案。

聆听梁晓声先生讲座有感

影视文豪江淮行，
名城大湖闻书声。
徽韵皖风传千古，
翰墨书香沁人心。

读书有感

近日读书,深感人生修炼之难,应内敛,看见、看清、看透。特别是对先贤造字"忍"字组合,深感先人真乃有大智慧。其内涵,寓意深刻,值得深思解读品味。

"心"字头顶悬把刀,
曲直是非善为高。
世间多少苦难事,
一忍干戈化玉帛。

小岗村荣膺全国改革开放先锋奖感咏

世代乞讨小岗村，

分田到户惊"皇城"。

太祖故里响春雷，

涌动十八红手印。

姓资姓社谁能定？

黎民实践金标准。

联产承包四十载，

开创历史新纪元。

大师《论语》解读感赋

杏林无处不书声，
大师点化解迷津。
千载儒道堪国学，
半部《论语》定乾坤。

第六辑

田园咏怀

读张道德先生散文有感

国民大报刊美文，
河桥沧桑系民心。
四十余载寒窗苦，
万千纸墨抒真情。
走基层，察民生，
三农冷暖共命运。
草木本心植泥土，
我心我诉皆民声。

元宵节观雪

2014 年元宵节前夜，庐州一场大雪，洋洋洒洒，银装素裹。触景生情，感怀笔端。

洋洋洒洒梨花飘，

红红火火闹元宵。

万里广袤银装裹，

一点红梅出树梢。

黄山印象

2014 年 7 月 12 日，安徽省医院信息专委会在屯溪召开"黄山——绿色医院、绿色 IT 研讨会"。会后部分与会人员登山摄影采风。尽管夏季湿热多雨，然而，黄山阳光与云雨交替的独特景观，让人为之惊叹，登高望远，遐想无限，飘飘欲仙。

一

云海飞瀑迎客松，
梦笔怪石觅仙踪。
瞬间影像惊世界，
智慧医疗沐春风。

二

无梦徽州到黄山，
迎客奇松亘古源。
梦笔生花飞来石，
光圈美景留瞬间。

退隐有感

　　余退隐后爱好种菜栽花，整畦打枝。小时候在家干农活，这些都会。

古稀退隐爱桑田，
栽插薅锄农艺全。
整枝打杈耕犁耙，
老而不得归田园。

研读《滕王阁序》感赋

万里省亲逢盛筵，
千言铸就绝伦篇。
文思喷涌飞霞鹜，
笔墨酣畅共水天。
投笔有怀空自许，
请缨无门夜辗转。
奇才不遇寻常事，
英名传颂人世间。

夜游屯溪老街感赋

火树银花不夜天，
屯溪夜若蟠桃园。
五色游客人肩摩，
十里老街商贾玩。
新安霓虹似银河，
苍穹繁星缀蓝天。
山水迎客奇天下，
皖风徽韵越千年。

读杨光云女士短文有感

滴墨入海水天然，
粒粟集聚成粮川。
独善其身躬自厚，
博爱仁善物我淡。

清明回竹塘扫墓感赋

一夜春雨万物新，
五更故里祭先人。
物是人非成陌路，
重整家业待后生。

春游天柱山感赋

清风小雨翠绿间，
春游喜登天柱山。
曲径石级寻幽趣，
拾级笑谈到南天。
山农促膝话新政，
放歌满眼生态园。
炊烟浩渺映农舍，
生态皖西好河山。

游小孤山感赋

万里扬子一孤山，
雄踞海潮第一关。
盛唐御封启秀寺，
千年香火福祉缘。
峰顶俯瞰梳妆亭，
妈祖慈悲佑两岸。
蓝天碧水今何在，
唯见雾霭水天连。

游岱山湖感赋

平湖江淮落岱山，
蓝天碧水大自然。
竹排泛舟荡涟漪，
身临氧吧在田园。

游龙川有感

2015 年孟秋,赴绩溪县考察基层卫生信息化,秋色宜人,硕果累累。友人陪同登龙川一游,感赋。

一

黄山蜿蜒卧长龙,
苍松滴翠万物葱。
皖风徽韵原生态,
粉墙黛瓦云雾中。

二

百里蓝溪绕群山,
千峰万仞天地间。
田园河山生态美,
血脉融入大自然。

观荷赏月

中秋佳节，我和夫人带着两个孩子郊游，观赏巢湖沿途万亩荷花，看秋晚，仰望星空一轮明月，即兴吟诵。

满眼荷花境幽香，
玉盘皓月映藕塘。
明月清风朝朝有，
淡雅廉澈傲群芳。

柯道正先生摄影图片观咏

五彩香樟渐秋声，
杏林岐黄唯黎民。
上工瞬间留美景，
德技双馨医道正。

乡　愁

　　我家祖祖辈辈都住在巢湖边青阳山脚下的竹塘村,打我记事起,爷爷、奶奶、母亲就在这里耕作。这里虽是丘陵,但有大竹塘水系,倒也五谷丰登,民风淳朴,人寿安康。1978 年,改革开放大潮汹涌澎湃,可竹塘村恍若世外桃源,这里离省城合肥仅半个多小时车程,却没能跟上大发展步伐。每次回家祭祖,看到村舍破旧、人烟稀少、污水横流、垃圾遍地,心若针刺,百感交集啊! 人到暮年,或许叶落归根,乡情使然,梦中也常想着儿时老家的样子,多么盼望子孙们能把老家建设成美好乡村。

祖辈耕读大竹塘,

碧水蓝天翠绿岗。

鸡鸣犬吠炊烟渺,

五谷粗粮菜根香。

曾几何时错良机,

而今奋进不彷徨。

物是人非昔今比,

多少惆怅在梦乡。

东南亭修葺一新感赋

一

香樟松柏翠绿茵，
次第错落四季青。
逊志时敏九十载，
历尽沧桑更精神。

二

翠竹隐荫懿德亭，
鸟鸣蝶舞医患情。
橘井弘德医沉疴，
杏林普度仁慈心。

治理巢湖感赋

2009年，安徽省人大立法治理巢湖污染，市、县两级政府集中人力、财力建设生态巢湖，已显成效。尤其是今年贯通的环巢湖大道，将大湖名城一线连，驱车行驶在环巢湖大道上，一边是高楼林立，一边是田园风光及波光粼粼的湖水，让我这个在巢湖边长大的学子感慨万端。

巢湖水天波连波，
通江达海母亲河。
鱼虾畜饮似甘泉，
而今污浊似墨磨。
滨湖大道防洪坡，
驱车扬帆斩碧波。
新城大湖八百里，
谁持生态造天河。

赞银屏牡丹

千年牡丹落银屏，
磐岩独放今又春。
国色天香谁争艳，
傲霜斗雪见精神。

古镇荷园

万亩荷园落古镇，
荷塘月色沁人心。
粉黛荷花缤纷日，
及笄荷杆二八人。
藕出淤泥污不染，
宁静淡雅尘世间。
阒静热风游人醉，
风清月朗何时回。

猴王叹咏

猴王御封弼马温，
大圣能屈亦能伸。
几番错被唐僧贬，
忠诚担当为取经。

雄鸡咏

一

王冠花翎头顶戴，
雄韬伟略藏胸怀。
平生从不多言语，
昂首一鸣天下白。

二

无冠无翎无顶戴，
有学有术有担待。
位卑言轻当慎独，
乡野耕读享自在。

竹塘村叹咏

夫子土生大竹塘，
世代耕种米粮仓。
三农政策春风暖，
五业并举新气象。
上榜挂面竹塘牌，
祖传工艺粑粑香。
民富福祉中国梦，
生态自然奔小康。

灵璧石咏叹

千姿百态蕴风骨，
鬼斧神工出灵璧。
形神俏妙叹观止，
与生俱来天造物。

瞻仰碑铭感怀

绿篱垂柳松柏青，
花岗岩石镌碑铭。
多少教诲似昨夜，
万千恩德留子孙。

六安瓜片感咏

千年瓜片出齐山，
雨露沐浴云雾间。
一杯清纯沁心灵，
感君情意高云端。

父亲节感怀

一

吾儿胸襟纳乾坤，
齐家治国为己任。
忠孝节悌树楷模，
格物致知当修身。

二

退而不休届古稀，
悬壶诵读未觉迟。
含饴弄孙孝为尊，
晚晴天伦正逢时。

火　柴

纤纤木梗似圆针，
轻轻一擦迸火星。
平生不做亏心事，
只为人间送光明。

观黄山奇景"梦笔生花""猴子观海"感咏

梦笔生花飞来石，
鬼斧神工天使笔。
任凭风雨千百年，
形神风韵骇世俗！

仲秋游呈坎、唐模感咏

千年古镇隐深山，
粉墙黛瓦渺渺烟。
犁耙农耕老黄牛，
恍若天仙下凡间。

润思茶行

一

秋风细雨窗外寒,
一杯祁红润心田。
六十五载唯国饮,
茶经传承思千年。

二

百年祁红唯国饮,
一壶甘露润神情。
色香味形群芳最,
香螺润思亦醉人。

登黄山一线天咏叹

层层石梯通云霄，
步步惊心踏波涛。
欲知前路通何处，
一线天路试胆高。

咏爱犬

天性围着主人转，
不畏权贵仗犬胆。
魍魉妖魔何所惧，
耿耿赤胆护家园。

无　　题

遥看凹凸近成峰，
万千碧玉各不同。
细研深究基因学，
无限风光在闺中。

合安沪新相聚贺咏

世事沧桑皆轮回，
烟花三月聚浥水。
当年励志报家国，
无愧年华各东西。
回眸多少艰辛事，
手足血脉成追忆。
耄耋能有几回聚，
人间亲情唯真谛。

清明回故里祭扫咏叹

生灵难忘养育恩，
世间父母唯真情。
荒冢顿首泪沾襟，
恪守孝道敏于行。
莫道身后空悲切，
祭奠追远儿女心。

寿县古城游随感

雨生百谷游寿州,
歪门斜道宾阳楼。
斑驳古砖青石辙,
非遗传承天际流。
今古之谜安丰塘,
水系洪涝尽无忧。
风声鹤唳战淝水,
历经沧桑誉千秋。

观百年古树咏叹

风雨孤伶腰累弯，
仰面躬身问青天。
历经磨难百十载，
饱尝世间万般酸。

爱情隧道之铁轨遐想

曾几何时乱人伦，
礼义廉耻失本真。
慎独躬行不越轨，
蹈矩循规方远行。

龙泉禅寺感赋

烟雨蒙蒙访龙泉，
香火袅袅得天缘。
晨钟暮鼓经佛诵，
云蒸霞蔚若桃源。

游蓝莓种植基地感赋

徽王蓝莓一径深，
拱桥流水树成荫。
莓香酸甜引彩蝶，
儿童嬉戏不肯归。

端午节感怀

年年端午，岁岁龙舟，扬帆竞逐，吟诗作赋。端午节应赛龙舟、包粽子、喝雄黄酒，以传承中华传统文化。

一

四海艾蒿粽叶香，
五湖龙舟庆端阳。
左徒名节垂千古，
上下求索万世扬。

二

艾蒿粽叶生田园，
清纯淡雅出天然。
祈福驱疾雄黄酒，
芈原求索千古传。

缅怀蔡永祥烈士

大湖侧畔四顶山，
忠庙姥山天水连。
粼粼波光映塔影，
点点渔帆听唱晚。
松涛低泣英雄泪，
碑铭镌刻人生观。
粉墙黛瓦掩林海，
潮起潮落大自然。

游陶辛湖生态荷园感赋

　　金秋时节，欣应沈院长、王院长邀请赴芜湖讲学，承蒙两位陪同，游览湾沚陶辛湖生态荷园。烟雨蒙蒙，荡舟湖上，品茗茶叙，十分惬意。

秋雨绵绵游陶辛，
碧水蒙蒙舟自轻。
谈笑拾级胭脂渡，
回眸东南话心声。
藕出淤泥而不染，
身居七品淡利名。
粉黛荷色今不在，
唯有师生情谊深。

普济圩农场知青五十年再相聚贺咏

金色稻菽秋意寒，
蹉跎岁月似眼前。
风霜雪雨五十载，
广阔天地受历练。
普济圩，沁骨髓，
乡愁梦萦何时还。
同学少年霜鬓染，
问天再借五百年。

冬至雨中故里祭奠感咏

凛冽寒风叹此时，
不尽往事静夜思。
养教呕心恩似海，
儿孙孝悌当铭记。
天地躬亲孝先贤，
梦萦五更成追忆。

腊八感怀

千家万户灶火旺，
上上下下熬粥忙。
又是一年腊八节，
五谷飘香增寿康。

读传水先生《轻舟行》感赋

卸下顶戴享天伦，
秉烛挥毫轻舟行。
满腹经纶歌大雅，
翰墨幽香著警魂。

请客吃饭邀约之感咏

肴馔不难相聚难，
孰来孰去皆情面。
三五知己焉相聚，
一壶清茶品人间。

游醉翁亭感赋

环滁皆山四季春，
千年遐迩醉翁亭。
蔚然深秀春常在，
欧阳妙笔叹古今。

竹塘乡村雅居感赋

粉墙黛瓦映晚霞，
荷塘垂柳争着花。
应时菜蔬庭院有，
悬壶品茗绿荫下。
丹桂香樟因特网，
鸡犬诗书老夫家。

晨练叹咏

气定神清练修身，
动静平衡悟空灵。
物欲官宦皆忘却，
淡饭粗茶童子心。

感恩慈母

一

世代贫寒多磨难，
少小手足躬耕田。
垄头灯下思苦读，
雏鹰扶摇志向天。
双亲德行堪楷模，
质朴教诲师之范。
医道悬壶铭祖训，
感念慈母恩如山。

二

跪拜荒冢思母恩，
一声娘亲泪雨淋。
勤勉教诲孟母德，

追悔未尽顺孝心。

沧桑岁月烟云过，

历经寒暑吾霜鬓。

托　梦

祖宗托梦闻三更，
语重心长话天明。
宅基陋屋当修缮，
围墙庭院树庇荫。
世代贫寒当勤奋，
毕生浪迹盼归根。
饮水岂敢忘掘井，
重振家业待后孙。

第七辑

医海浮沉

结业感赋

2014年12月3日,女儿在加州大学洛杉矶分校(UCLA)学习顺利结业。当导师给女儿颁发证书那一刻,她的心情十分激动。回想这一年,女儿感悟颇深,她首先感谢了导师黄教悌教授、陈老师及诸位师兄、弟妹一年来的指导和帮助,让她顺利完成访学任务。异国他乡、同窗共习,大家的情谊难以忘怀。

依依惜别洛杉矶,
娓娓论道谢恩师。
遥遥大洋何日聚?
绵绵情谊会有时。

为安徽省首例活体肝、肾移植手术圆满成功而作

东南医学造浮屠，
肝肾移植开先河。
博爱延续捐供体，
无影灯下昼夜无。
解码排异探奥秘，
柳叶刀尖显神奇。
橘井泉香天使情，
杏林丹桂树长青。

长临河古镇感叹

日月不居历沧桑，
史卷尘封已过往。
弱冠学堂晨钟鸣，
琅琅书声寄梦想。
昔日针草医百病，
而今上工叹无方。
万家湖口长帆起，
古镇民生系肝肠。

斥滥用抗生素

2015 年 4 月 19 日,央视报道医疗外滥用抗生素,复旦大学科学家以江浙沪千名儿童尿液,检测出低剂量抗生素(5 类 18 种抗生素),有的并非人用抗生素。如此严峻之形势,令世人对滥用抗生素现象十分揪心。

生灵病菌诉公堂,
扁鹊疗疾叹无方。
万物皆用抗生素,
果蔬鱼虾猪牛羊。
食药生态尽污染,
水气土壤米面粮。
孩童尿检警钟鸣,
滥用医药丧天良。

读周汝元教授新作《七十岁月》感赋

东南名医寿州城，

古稀岁月更精神。

一腔热血不停跳[①]，

两科开济老臣心[②]。

激流退隐做孙阳[③]，

无影灯下指迷津。

挥杆书画天伦乐[④]，

银丝双鬓育后人。

注：

①周汝元教授擅做心脏体外循环、不停跳手术。

②周汝元教授在医院心脏、普胸科的建立上做出突出贡献。

③伯乐原名孙阳，喻让贤后人。

④作者爱好打网球，书法作品曾多次获奖。

安医大一附院乳腺专科建科 10 周年庆典感赋①

仲夏庐城，季雨倾盆，万物清新。

忆百年东南，人才如云，乳外十载，风雨历程。

专科脱颖，革旧鼎新，国际交流育精英。

曾几时，叹女星黎民，频遭厄运。

乳腺普查工程，教授博士担纲领军。

携多科协同，分子基因，钼靶彩超，微创精准。

保乳根治，假体皮瓣，三维重建塑体形。

健康梦，健乳腺学系，福佑女性。

注：

①2005 年 11 月 25 日，安徽医科大学第一附院在全省率先成立乳腺外科病区。王本忠教授为首任病区主任。设置病床 24 张；独立建制病区、护理单元，并配置默默通、钼靶机、彩超等先进设备。

贺屠呦呦女士获得诺贝尔奖

2015年10月5日,在瑞典斯德哥尔摩皇家卡罗林斯卡医学院,诺贝尔生理学或医学奖评审委员会宣布:中国科学家屠呦呦获得2015年生理学或医学诺贝尔奖。这是诺贝尔奖自1901年12月10日颁奖以来,第一次将此奖授予中国本土科学家。消息传来,亿万国人欢呼,传承数千年的中医学大放异彩,实现我国在自然科学领域诺贝尔奖新的突破。

半个地球今沸腾,
百年诺奖龙传人。
四十余载隐名姓,
呦呦鹿鸣食野萍。
后备急方青蒿汁,
梦萦浮沉本草情。
华夏医药堪瑰宝,
石破天惊卡罗林。

赴也门

2011年1月,安徽省卫生厅杜厅长带队,赴也门慰问医疗队。也门医疗队在艰苦条件下,甚至冒着生命危险,出色地完成国家交给他们的医疗任务。其奉献精神可歌可泣。

朝饮浦江水,晚食亚丁鱼,

万里海湾飞度,寒冬变酷暑。

莫管萨那多变,医疗援助延绵,五十年依然。

岐黄他乡曰,中国敢当责。

环球动,中非强,展宏图。

背井远赴也门,践行国之命。

陋屋蚊蝇飞扑,高温炙烤黝黑,危机常潜伏。

大爱盖无疆,天使世界殊。

"老年病"咏叹

人到中老年,器官退行变,
急慢前列腺炎,莫视生风险。
寒战高热腰酸,尿线滴滴浊黏,欲解难上难。
分级诊疗网,常规血尿检,
询病史,细诊鉴,可决断。
B 超指检针穿,诸多新辅检。
纵有仪器多样,大夫权衡守章,
西中医治防,克病俱良方。

长寿赋

　　精神内守,心情舒畅,劳逸结合,饮食有节,不为七情所伤,不为名利所惑,要有云水风度,松柏精神,持之以恒,则可长寿也。

一

世间混沌谁说清,
七情六欲五味陈。
风物长宜放眼量,
权钱名利皆浮尘。

二

女娲造物开天下,
柴米油盐酱醋茶。
养生健体修生灵,
淡定无欲心无瑕。

从医五十年感悟

医海慎微五十年，
扶伤救死视为天。
已逾古稀霜鬓染，
志愿悬壶乐桑田。

"爱牙日"感赋

一

天生皓齿磐石坚，
龋蛀腐烂源乳酸。
漱刷洁治重预防，
伶牙俐齿享百年。

二

年年企盼"9·20"，
天天爱牙始于行。
口腔疾患事非小，
牙膏牙刷守大门。
世卫健康金标准，
无龋无痛看牙龈。
补拔镶种治未病，
玉牙皓齿伴终生。

贺癌肿治疗新利器

古皖杏林绽新枝，
新院展翅正逢时。
岐黄精仪当共享，
基因解码唯社稷。
质重离子布拉格，
精准医学新利器。
众病之王待破解，
黎民健康会有时。

斥业界道貌岸然者

唯利障目皆鼠辈，
德伦殆尽品卑微。
焉谈仁义礼智信，
空到人间来一回。

安医大一附院医学人文
与诗词文化学会成立感赋

九秩东南满园春，
唐诗宋词沁心灵。
《黄帝内经》破鸿蒙，
神农本草伤寒论。
无影灯下造浮屠，
南丁格尔天使心。
国学人伦躬自厚，
大医精诚治未病。

为烧伤整形医师学术大会感咏

孟冬暖阳映沘城，

书法大厦聚精英。

论道授业鏖战急，

伤残康复微整形。

女贞儿茶八号膏，

中西合璧制痂酊。

四十余载沐风雨，

百尺竿头再创新。

贺省科技成果转化促进会成立

花红柳绿映庐城，
翰林云集稻香村。
雨花塘畔群英会，
成果转化集结令。
融合互联大数据，
万世师表唯传承。
强国富民躬自厚，
甘为社稷创高新。

全科医生礼赞

看病配药兼扎针，
望闻问切会接生。
多发常见老年病，
社区诊治不出村。
昼夜出诊寻常事，
不为银钱救性命。
黎民健康门谁守？
殚精绵薄守基层。

读《幼儿防幽门螺杆菌》一文感赋

胃肠病源藏幽门，

万恶之首螺杆菌。

交叉感染不胜防，

行为科学乃克星。

感赋祖国传统医药

银针艾条活络丹，
推拿按摩拔火罐。
膏丹丸散小针刀，
中西合璧唯保健。

做客安徽电视台专访自嘲

古稀暮年上荧屏，
涂脂抹粉似冻龄。
论道健康行天下，
竭尽绵薄染霜鬓。

为国家尊师重教，倡导师道尊严感赋

一

尊师重教恪守难，
教育兴国师之范。
德智体美勤修为，
仁义礼智信三观。
书山登攀无昼夜，
学海行舟五更天。
且喜桃李结硕果，
万世师表万代传。

二

半支粉笔解迷津，
三尺讲坛度众生。
回眸杏林枝叶茂，
甘为学子染霜鬓。

復元医科大学论证会感咏

西子湖畔万木森,
学究春晓论翰林。
百年大计教为本,
一代岐黄国民心。
悬壶橘井三十载,
慈悯术精济苍生。
艳阳一腔报国志,
復元医大定乾坤。

听陈小平教授讲座感赋

大师一语惊天地，
疟疾克癌人鬼泣。
不治之症肆全球，
无可奈何叹人类。
多少精英鏖战急，
为何感染诱免疫。
一十四载卧薪胆，
一鸣刷新大事记。

第四届儒学文化
与医学人文高峰论坛感咏

白浪河畔鸢都城，

天下风筝第一村。

孔孟儒学涵千古，

仁义礼智修人文。

黎民健康中国梦，

五岳齐鲁见精神。

第八辑

保健养生

有感美国看病难

2014年11月9日，与罗马琳达大学牙医学院张戎教授相约前去参观考察，途中，女儿突感腹痛、恶心，可能与最近劳累过度，生活不规律，抵抗力降低，诱发感染有关。于是在好友汪军教授家小憩，请他开了灭滴灵，自己去买了体温表、维生素B6、口服自带的左氧。这种情况在国内打上点滴，静脉抗生素用上，肯定很快见效。在这里就难了，他国急诊不是病情危重，根本不予接待，第一次体会到在美国用药那真叫难呢。庆幸的是，用药后女儿的痛症很快退去，我和夫人悬着的心总算落地了。

拉斯途中兀险情，
恶心呕吐痛难忍。
星夜兼程回校舍，
企盼上工求急诊。
独在异乡为异客，
身卧病榻倍思亲。
若论美国看医生，
非但亲历难置信。

辞别洛杉矶

　　2014 年 11 月 16 日的洛杉矶，夜晚较凉，白天依然蓝天白云、阳光灿烂。今天我们就要回国了，一个多月的生活体验，让我对这个城市颇有些依依不舍。

朝辞彩云洛杉矶，
万米云空平地履。
他乡美景乃过客，
最是高兴回故里。

读《淮南子》偶书

　　《淮南子》载，"圣人不贵尺之璧，而重寸之阴，时难得而易失也"。有感人生最宝贵的是时间，赋诗一首。

千古贤达重寸阴，
一寸光阴一寸金。
无边风景悄然过，
逝者如斯本无声。

知、信、行感赋

退隐潜心耕田园，
每把情怀托诗篇。
莫问世事长与短，
修身养性学先贤。

观电视剧《空巢姥爷》感赋

少壮未解年老难，
垂暮衰虚病弱残。
红尘风云成过往，
孤灯独影夜半寒。

谢顶咏叹

岁月无情催人老，
追梦奔波难逍遥。
多少精英头无毛，
欲解绝顶叹浩渺。
按摩火罐小针刀，
中药宝库敷贴膏；
手术移植光诱导，
群雄竞技谁知晓。

读蒋建华教授《科学生活千金方》一文感怀

五谷杂粮担主纲，
四时菜蔬养胃肠。
吃喝动静两平衡，
心静和畅千金方。

公筷赞

围桌大餐千古传，
饕餮礼仪成美谈。
觥筹交错悖文明，
公筷卫洁新风范！

茶　咏

一

草屋瓦壶清泉来，
两枪一箭谷雨采。
知己相坐细品茗，
红尘利欲度天外。

二

漫山茶园翠绿葱，
茶女躬耕云雾中。
烟云雨露绿叶情，
百年传承老洪通。

老年着装服饰咏怀

一

已然古稀重表仪，
正装革履净鬓须。
神情矍铄似少壮，
才思敏捷赛当年。

二

棋牌乒乓健步走，
诗词书报鼠标手。
菜畦打理修花草，
槐下茶叙会挚友。

禁燃感赋

一纸禁令显神效，
淝城夜静闻心跳。
千年习俗今终结，
生态环保唯首要。

女儿烤面包感咏

"面包"娘亲烤面包，
精工堪比柳叶刀。
色香味形媲法式，
世事专攻皆有报。

老来乐

退休后这几年，看门诊、手术、读史、讲学，研究卫生信息化，忙得不亦乐乎；工作、生活、休闲、逗逗孙儿，生活有规律，非常充实。读书学习成为我一大乐事，诗词歌赋、电脑微信已成生活必需品。

已近古稀问学忙，
厨房书房练琴房。
锅碗瓢勺洗刷刷，
小鲜琴弦声朗朗。
老树下，晒夕阳，
品茗觞咏味悠长。
回眸人生风雨路，
沧桑世事成过往。

第九辑

未来医学

追梦口腔

2014 年 8 月 27 日，为康诺尔口腔诊所开诊庆典抒怀。

甲午马年，孟秋时分，淝水庐城，

邀亲朋挚友，金樽美酒，拱手言欢，开诊庆典。

筑梦诊所，辗转颠簸，民营医疗步履苦。

社风如此多焦，引黎民上工累断腰。

惜口腔医疗，万民需要，健齿强身，预防慢病。

岐黄匮乏，医患共担，嗟叹医改寰球难。

俱往矣，冬青康诺尔，普济天下。

扬子江药业贺咏

　　扬子江药业是我国民族医药工业的一面旗帜,创建四十余年来,在徐镜人先生的带领下,始终秉承"求索进取,护佑众生"的使命,践行"高质、惠民、创新、至善"的核心价值观,始终恪守"质量为天"的宗旨。自1996年起,企业综合经济效益连续二十年跻身全国医药行业前五强、中国企业500强,连续十二年蝉联全国医药行业质量管理(QC)成果一等奖。

滨江达海扬子江,

半个世纪历沧桑。

筚路蓝缕劈藩篱,

护佑众生有担当。

粒粒片片创国标,

点点滴滴系安康。

中西问鼎躬自厚,

求索进取著华章。

贺安徽首家医疗救援直升机启航

古皖东南再创新，
千尺楼台飞雄鹰。
突发应急救性命，
争分夺秒驾直升。
医护仪器高大上，
橘黄翱翔披彩云。
危难之时有天路，
何愁家住地球村。

AI 人工智能感赋

自从盘古开天地，
人类智慧断无敌。
而今天降外星人，
谁能主宰新世纪？

第十辑

亲情孝道

贺江天

江天及第赴蓉城，
感恩养教天地心。
二八卧薪寒窗苦，
三更梦醒闻书声。
慎独仁孝安天下，
负笈天府历修身。
数据科技谁问鼎？
皖风徽韵育后生！

庆贺女儿、女婿新婚

癸巳飞赴美利坚，
筑梦归来乙未年。
天赐秦晋结连理，
缔结同心万世缘。
桑榆爷娘霜鬓染，
梦中常忆绕膝玩。
尔等圣殿执子手，
四海亲朋皆点赞。

感念母恩

性命源于慈母身，
两腔连着一颗心。
十月怀胎千般苦，
一朝为母知娘恩！

丙申猴年公卿问世感赋

一声啼哭到凡间，
两府亲邻尽开颜。
三口肇始丙申猴，
四世同堂血脉缘！

贺徐明女士之子赴川大深造

一

一声汽笛震山川，
三代笑谈蜀路难。
书香血脉得传承，
男儿意气冲霄汉。

二

夫君妻儿各西东，
三人三地囧途中。
五更伴读励勤勉，
甘为社稷传家风。

贺徐斌先生爱女赴滇深造

令爱正冠赴春城，
万里飞渡驾祥云。
千古岐黄唯德技，
父女杏林一脉承。

胞姐 80 寿辰贺咏

耄耋华诞千禧年，
银发风骨气宇轩。
八十余载栉风雨，
贫生勤勉学磨难。
护佑黎民良心药，
配伍加减毫厘严。
平生药界无憾事，
含饴华发乐桑田。

贺恩师 90 大寿

平淡人间九十年，
风雨甘苦若等闲。
当年壮志唯黎民，
暮色尚能志弥坚。
权钱美色未曾想，
恪守信仰敢谏言。
回眸平生无憾事，
无愧家国无愧天。

岳翁大人 100 周年诞辰

腥风血雨打江山，
纵横驰骋苏沪皖。
匡扶法典降妖魔，
宽厚严慈救危难。
忍辱动乱卧中榻，
权钱顶戴皆凛然。
泽被群生兴后辈，
先贤仁德万世传。

为父母、兄长立墓碑祭奠感赋

吾等皆为颜后生，
孝顺慎独乃祖训。
儿时胸怀家国梦，
毕生躬耕无影灯。
无情光阴催寒暑，
空留祖居杂草生。
立碑祭奠铭恩德，
基业长青慰先人。

悼刘明清女士

一

惊闻噩耗天欲倾，
苍天悲恸泪雨淋。
半个世纪操珠盘，
毫厘公私皆分明。
温良孝悌堪楷模，
俭朴仁慈教子孙。
子欲养而亲不待，
失吾亲人失吾心！

二

萋萋芳草忆故人，
人去屋空欲断魂。
睹物思君千滴泪，
孤灯独影万种情。

后　记

说来挺有意思，我在花甲之年，突然钟情于诗词创作，且一发不可收拾。于是我便网购了各个朝代的经典古诗词作品集，一有空就坐下来品读，读到入胜处，有时吃饭也要夫人催，甚至有一段时间常常半夜睡、五更起，达到废寝忘食的地步。茶叙时，几个老朋友调侃我"夫子壮志"啊。

我出生在肥东农村，一个虽然家境贫寒，却非常看重读书的家庭。艰难时期的贫困生活让人刻骨铭心，也在我幼小的心灵植下奋进的种子。记得儿时我就喜爱看书，上学后特别喜欢语文，我的作文经常被当作全班的范文。按照当时的成绩，我考上大学应该是没有问题的。二十世纪六十年代那场"文化大革命"让我彻底回到了农村，成为一名生产队社员。后来我有幸被推荐上大学，虽然我不太喜欢学医（因为从小就想学文科），但总比"面朝黄土背朝天"要好。虽然没能如愿，但仔细想想，做个医生也很好，治病救人，受人尊敬。我母亲说得实在，"孩子，学个手艺，只要有本事，一生都有饭吃"。父亲和我的叔父都是读书人，教导我，"不为良相，但为良医"。就这样我铭记长辈们的教诲，在医疗行业行医执教、治病防病，一干就是四十余年。

可能自幼受父亲耳濡目染，我对传统文化很感兴趣。特别是在农村，除了田间劳作，没有什么文艺生活的那几年，常听父亲哼哈唱诵、吟诗作赋，给我留下了深刻的印象。这些传统文化优良基因深植于我的血液中，对我后来的爱好影响极深，使我一直喜爱古典诗词，喜欢阅读，喜欢思考。还有我喜欢写日记，这个习惯一直延续至今。2011年，我从行政岗位上退下来后，专心从事自己的临床口腔业务。虽然还是上全班，参加各种研讨会、评审会、讲课，开讲座，但相比较之前从事行政管理时的快节奏、紧张度而言，的确是身闲心静，也有了较多的可支配时间。我开始在诗词阅读和写作上，投入更多的时间与精力，真可谓"难得此身归己有，而今又得读书闲"。为了弥补老年记忆力减退的新常态，我开始边学边记，早起晚睡，不断积累，临摹学写，打磨推敲，几年下来，居然有好几百首"山寨"诗词了。

一日，我把这些"草根产品"拿给好友朱寒冬先生看，并征求他的意见，"可否汇编成小册子?"也许是感情使然，他鼓励我修改后可以出版，并认为我写的诗词中有很多是关于时下"医改"、医疗卫生行业的内容，如医疗、药品、护理、养生、医患关系、人文伦理、医生职业素养、社会医学等，这些大家很感兴趣，也与"健康中国"密不可分。没有医学背景的人，对这些是很难有深刻的观察与体验的，从医学和文学融合的角度来说，也是很有价值的。用诗词的形式来书写当今受到普遍关注的民生领域医疗问题，倒也不失为一种创新，这一题材或许对人们欣赏古典诗词和创作诗词，会有启发和助益。更为难得的是，拟付梓之际，安徽省作协主席许辉先生应允作序，于是，我的第一本诗词集《春雨集》出版了。

《春雨集》出版五年来，得到领导、同事、亲属及爱好诗词朋友们的肯定、鼓励。有的朋友还专门抽出时间和我一起推敲、研讨，还有远道的朋友致电购买、索要此书。正是这些肯定与鼓励，使我这颗暮年之心不断充电、焕发热能，让我更加用心投入诗词学习中去。于是，我集中精力，重点关注医学人文与诗词文学的融合，结合临床医学的实际，注重对人文伦理、健康素养的思考。我想，古稀之年，如能在这方面献出一点余热，使余生不仅有长度，更有厚度和宽度，亦会得到不小的欣慰。当然，这还有待读者检验，不过即使是批评的意见，我也乐于接受、感恩在心，因为批评的声音是更深沉的，也是有温度的。

《医海诗话》原本想赶在庆祝新中国成立七十周年时出版，旨在向祖国献礼，表达共和国同龄人的赤子情怀，但因种种原因延迟至今。值此书付梓之际，要特别感谢我的夫人、女婿、女儿和外孙"小面包"。因为每当我诗兴来临、诗思涌出，对词句反复推敲、打磨时，常常是摇头晃脑、高亢吟诵，他们也都忍受干扰，不嫌吾烦，一直坚持做我的忠实听众，时而提个建议，使我眼前一亮。书成之日，自当记上一笔，以感亲情无价。

颜雨春于雨村书屋
2020 年 3 月